ガラ
ゆうき、おてんき いいんだから、プロレスの ほんばかり よんでないで、そとで あそんで きなさい。そとで。
わかったよ。
JN139562
502
しょうご、どこ いくの? きょう、ピアノの ひでしょ。
きょうは おやすみだよ。

せかいでいちばん ほしいもの

さとうまきこ　作　　　原ゆたか　絵

なつやすみの　まんなかへんの　あるひ。
「いる!」
「いない!」
「いる!」
「いない!」
こうえんの　すなばで、
けんくんと　かいくんが、
けんかを　はじめました。

「ぜったい　いるよ。　いるってば。」

けんくんは、　めに　なみだを
うかべています。

「いないってば。」

かいくんは、　にやにや
わらっています。

「あれは、　おとうさんと
おかあさんなんだよ。　ばーか。」

「うそつけ！」

けんくんが　かいくんに
つかみかかり、とっくみあいに
なりました。

「うそだ、うそだ。」

「うそじゃないってば。

こんにゃろ。」

ポカポカポカ。

そこへ、
おとこのこが
ふたり、
おんなのこが
ふたり、
はしってきて、
けんくんと
かいくんを
ひきはなしました。

「かい。また、よわいものいじめか？」
みんなの　なかで　いちばん　としうえの、
ゆうきくんが　いいました。
「ち、ちがうよ。こいつが……」
と　かいくんは、けんくんを
ゆびさして、
「さきに　かかってきたんだよ。サンタは
ぜったい　いる、なんて　いってさあ。」

「サンタ？」
「サンタって、あの……」
「サンタクロースの　こと？」
ふしぎそうに
みんなは
いいました。
ふたりは、
こっくり　うなずきました。

「でも、まだ　なつやすみよ。
クリスマスなんて、
ずうっと
さきじゃない。
どうして
サンタの
はなしに
なったの？」

と　いったのは、ながい
おさげの　みもちゃん。
「えーと、なんだっけ？」
「なんだっけ？」
けんくんと
かいくんは、
かおを　みあわせて、
あたまを　かきました。

すると、　かいくんの　ぼうずあたまからも、
けんくんの　ながい
かみからも、　ぱらぱら
すなが　おちました。
「そうだ。
おもいだした。
けんが
テレビゲームが

ほしいって　いいだしたんだ。」
「ちがうよ。かいくんが
さきに　いったんだよ。」
「ちがうね。そっちだね。」
「かいくんだよ。」
「それで？」
うんざりした　こえで、
みもちゃんが　いいました。

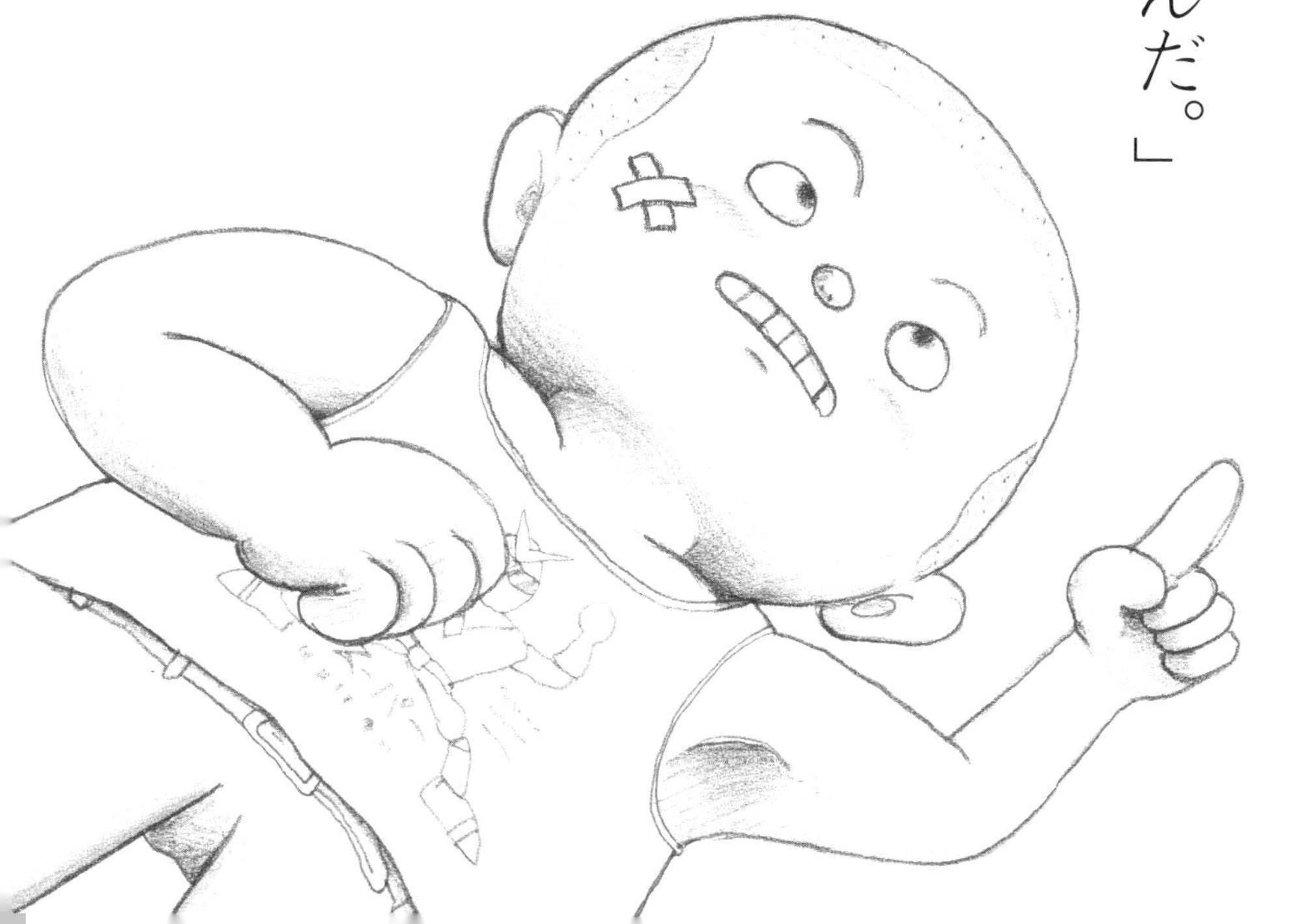

「えーと、それで、けんが　クリスマスに
サンタさんに　たのむって、そう
いったんだよ。そうだよな、けん？」
けんくんは、こんどは　だまって
うなずきました。そして、ちいさな　こえで
こう　いいました。

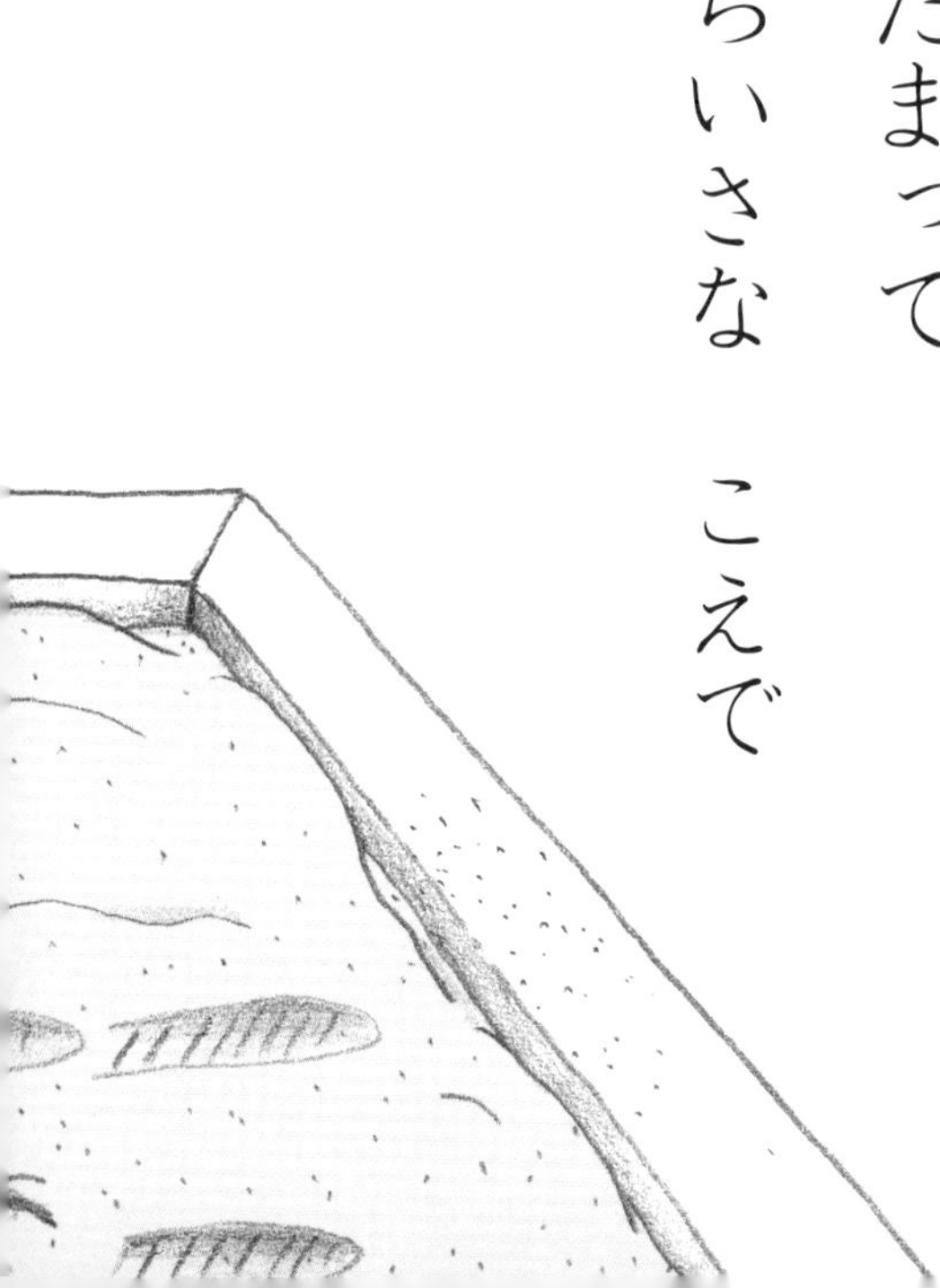

だって、ぼく
たんじょうびは　もう
すぎちゃったし……。
こんど　なにか　プレゼントを
もらえるのは、クリスマス
だから。

とたんに　みんな、ぱっと
めを　かがやかせて、
「そう　いえば、
ぼくも　そうだ。」
「あたしもだわ。」
「あたしも。」
「ぼく、なにを
おねがいしようかな、

サンタさんに。」
と、しょうごくんが
いったので、
「じゃあ、しょうごくんも、
サンタさんを
しんじてるんだね。あくしゅ！」
けんくんは、さっと
てを　さしだしました。

「うん。ぼく、しんじてるよ。」
「やった！　ぼくたち、
なかま、なかま。」
けんくんは、いきおいよく
しょうごくんの　てを
ふりまわしました。それから、
「ゆうきくんは？　みもちゃんは？
あやちゃんは？　もちろん、

みんな、しんじてるよね？」
三[さん]にんは、だまって
ちらっちらっと
かおを
みあわせていましたが、
「あたしは　しんじないわ。」
きっぱりと　みもちゃんが
いいました。

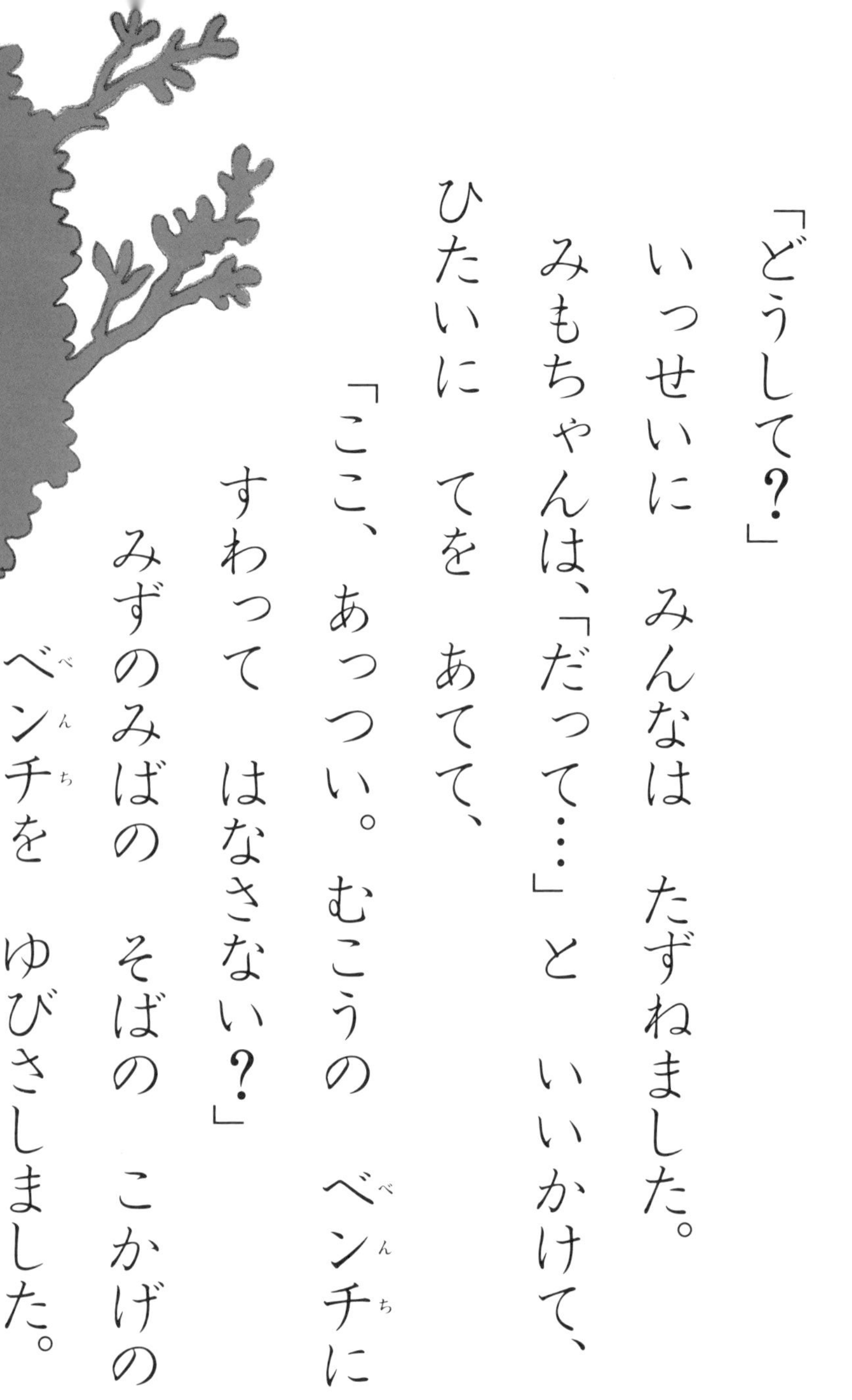

「どうして？」
いっせいに　みんなは　たずねました。
みもちゃんは、「だって…」と　いいかけて、
ひたいに　てを　あてて、
「ここ、あっつい。むこうの　ベンチに
すわって　はなさない？」
みずのみばの　そばの　こかげの
ベンチを　ゆびさしました。

やがて、みんなが
ベンチに すわると、
みもちゃんは
はなしはじめました。
「あたしだって
一ねんせいまでは
しんじてたのよ。
でもね……」

みもちゃん（2ねんせい）のばあい

きょねんの　クリスマスの
一しゅうかんくらい　まえ。
ひとりで　おるすばんしてた
ときよ。

ちょっと　おけしょうして
あそんでたの。

ガーン
そのとき、みつけちゃったのよ。
そうだったの……。
みもちゃんへ
サンタより

バタン
もちろん ママには だまっていたわ。
だって いたずらが ばれたら、
おこられちゃうもの。
……

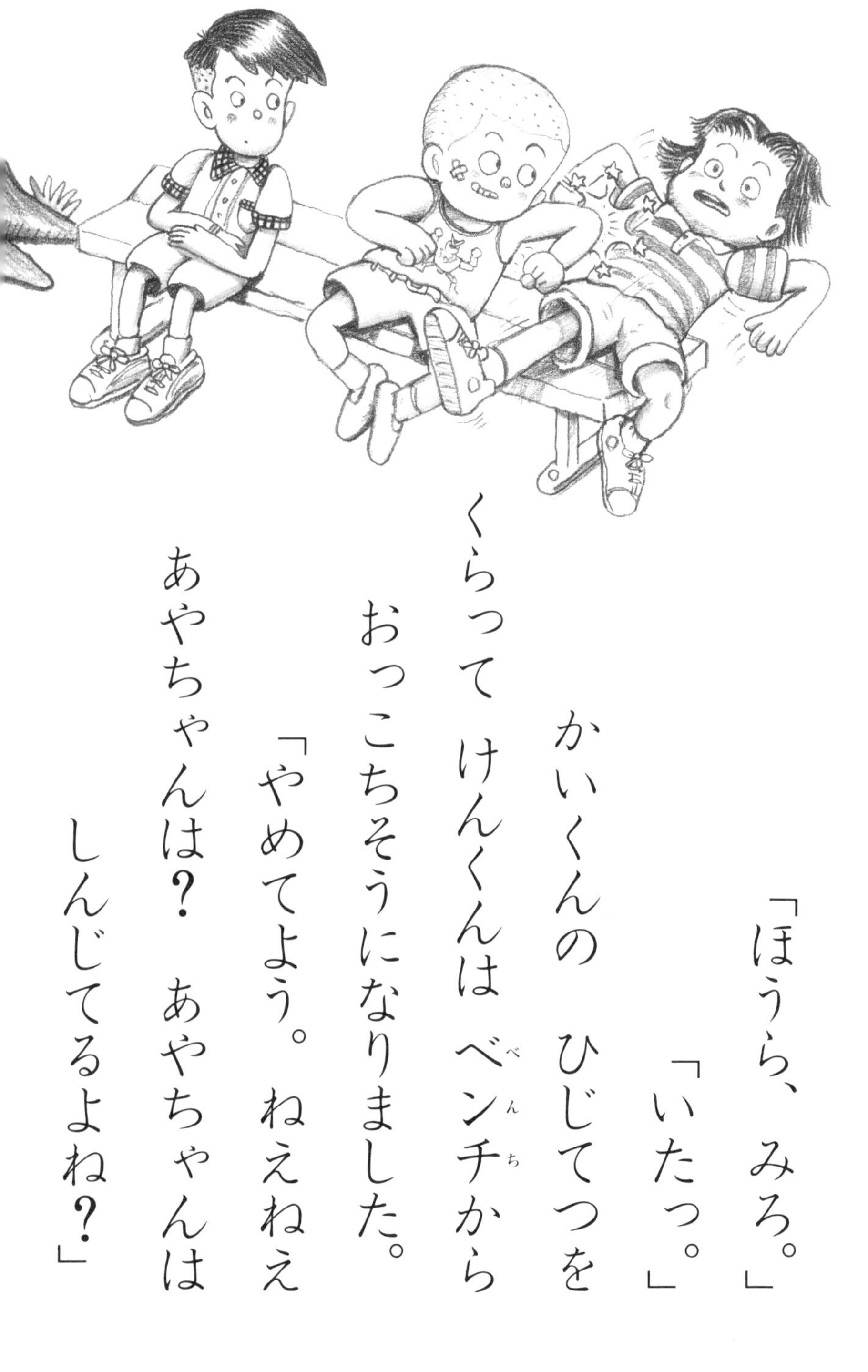

「ほうら、みろ。」

「いたっ。」

かいくんの　ひじてつを
くらって　けんくんは　ベンチから
おっこちそうになりました。

「やめてよう。ねえねえ
あやちゃんは？　あやちゃんは
しんじてるよね？」

「あたしは　やっぱり、サンタさんは
いると　おもうな。でも……」
すると、かいくんが　ぐっと
からだを　のりだして、
「でも？」
「でも、あたしも
きょねん　ちょっと
へんな　ことが　あったの。」

あやちゃん（1ねんせい）のばあい

あのね。あたし、いつもサンタさんに　なにか　つくってあげるの。プレゼントのおれいにね。

それを、まくらもとに　おいてねるの。

クリスマス(くりすます)の　あさ……。
わあーっ！
ほしかった
ぬいぐるみ。
でもね、つぎの　ひ、
おしいれを　あけたら、
くまちゃんの
おようふく、
つくって
あげるね。

ガーン
はぎれ
けいと
サンタさん
あらま、サンタ(さんた)さん
わすれていったのね。

「そんなの　うそに　きまってるじゃん。
あはは。」
かいくんは、てを　たたいて　おおよろこび。
「それは、あやちゃんが　ねてる　あいだに、
おかあさんが　かくしたんだよーだ。」
「ほんとうに　サンタさんが
わすれていったのかも　しれないよ。」
けんくんは　いいかえしました。すると、

また　かいくんが、
「じゃあ、どうして　おしいれに
あったんだよ？　わすれていったんなら、
まくらもとに　あるはずじゃんか。」
けんくんが　なにも　いいかえせないで
いると、あやちゃんが　ぽつりと、
「あたしも、
そう　おもう。」

けんくんは、
しょんぼり、
がっくり。
「ゆうきくんは？」
みもちゃんが、
たずねました。
「サンタ(さんた)を　しんじる？　しんじない？
どっち？」

ぼく？
もちろん、ぼくは
しんじないよ。
だって　ぼく、
いちども　サンタから
プレゼントを
もらった　こと
ないもん。

ゆうきくん（3ねんせい
メリークリスマス。ほれ、プレゼント。
サンキュー。

「でも、しょうごくんは　しんじてるよね？
ぼくたち、なかまだよね？」
けんくんは、しょうごくんの　ひざに　てを
のばしました。
けれども、しょうごくんは　くびを
かしげて、
「うーん……。なんだか　ぼく、わからなく
なってきちゃった。だって……。」

しょうごくん（1ねんせい）の ぎもん
その1
サンタさんは、
どこから いえに
はいってくるの？
ぼくんちは、
えんとつも
ないし、
どこも
かぎが
かかっているのに。
しょうごくんの うちは
マンションの 5かい

その2

どうして
トナカイが
そらを
とべるの？
つばさも
ないのに。

その3

どうして　サンタさんは、
たった
ひとばんで
せかいじゅうの
よいこに、
プレゼントを
くばって
まわれるの？
サンタさんって　おおぜい　いるの？

「それは……、それは……。」

けんくんは、ごくっと　つばを

のみこみました。

「ぼくにも　わからないよ。でも……、

でも……、サンタさんは

いるんだよ。

ぜったいに

いるんだよ。」

「けんの
ばか。
おたんちん。
どてかぼちゃ。」
かいくんが
たちあがり、
げんこつを
ふりあげました。

「やめろってば。」
ゆうきくんに、うでを　おさえられたまま、
かいくんは　いいました。
「もしも、ほんとうに　サンタが　いるなら、
どうして　ぼくに　テレビゲームを
くれないんだよ。きょねんも、そのまえの
クリスマスも、おねがいしたんだぞ。
サンタって、ねがいを　かなえて

くれるんじゃ　ないのかよ。」

「……。」

けんくんの　めに
じわっと
なみだが……。

「しょうが　ないわねえ。
じゃ、こうしましょ。」
おねえさんっぽく、
みもちゃんが　いいました。
「みんな、ことしの
クリスマスには、じぶんの
いちばん　ほしい　ものを
サンタに　たのむのよ。

いちばん　ほしい　ものをよ。
みんなの　ねがいが
かなったら、サンタは　いる。
どう？」

「さんせい、さんせい。」
けんくんも、みんなと　いっしょに　てを
たたきました。そして、きゅうに　しんぱいに
なって、みもちゃんに　こう　たずねました。

じゃあ、だれか　ねがいの
かなわない　ひとが　いたら……、
サンタさんは　いないって
こと？

よこから、
かいくんが　いいました。

みんなは、クリスマスの
おひるすぎに
この　こうえんに
あつまる
やくそくを
しました。
サンタクロースから
ねがいどおりの

プレゼントを
もらった ひとは、
それを
もってくる
ことに しました。

「よおし。おい、けん。わすれるなよ。」
「かいくんこそ、ちゃんと
おねがいしてよ。」

やがて、なつは
すぎ、

あきも　すぎ、

きたかぜが、ふき
はじめました。
びゅ〜〜う

十二がつに　はいると、　まちには
ジングルベルが　ながれ、
おみせやさんは　クリスマスの
かざりつけを　しました。
けんくんも、
おかあさんと　いっしょに
クリスマスツリーを
かざりました。

そして、クリスマスの 一しゅうかんまえ。
いつものように けんくんは、
サンタクロースに てがみを かきました。

サンタさんへ
ぼくが いちばん ほしいのは、テレビゲームです。
おかあさんは、めに わるいから かって くれません。
だから、おねがいです。テレビゲームを

ください。おねがいします。
それから、ぼくの ともだちにも いちばん ほしい
ものき ください。じゃないと、サンタさんは
いないと、きまって しまいます。
どうか おねがいします。みんなの ぶんも
わすれなりでね。

かじた けん

てがみを ふうとうに いれて、あかい
リボンを つけて、ツリーの
えだに ぶらさげました。

そのよくあさ。
やった！　サンタさん、ちゃんと　もっていって　くれたんだ。

そして、いよいよ
十二がつ二十四か、
クリスマス・イブ。
ことしこそ、ぜったい　ねむらないぞ。サンタさんに　あって、あくしゅして　もらうんだ。

けれど、いつのまにか……、
ぐぐー
ぴぴー

めが　さめたら、まよなか。
がばっ
はっ！
しまった。

いそいで ツリーが ある
へやの ドアを あけると、
ばん

……
……
……

サンタさんは？
そそそ、それが
その……、

いつのまにかきたみたいなのよ。ねっ、あなた？
そそそ、そうなんだよ。おとうさんたちも、きがつかなかったんだ。

ほんとう？
ほんとうよ。

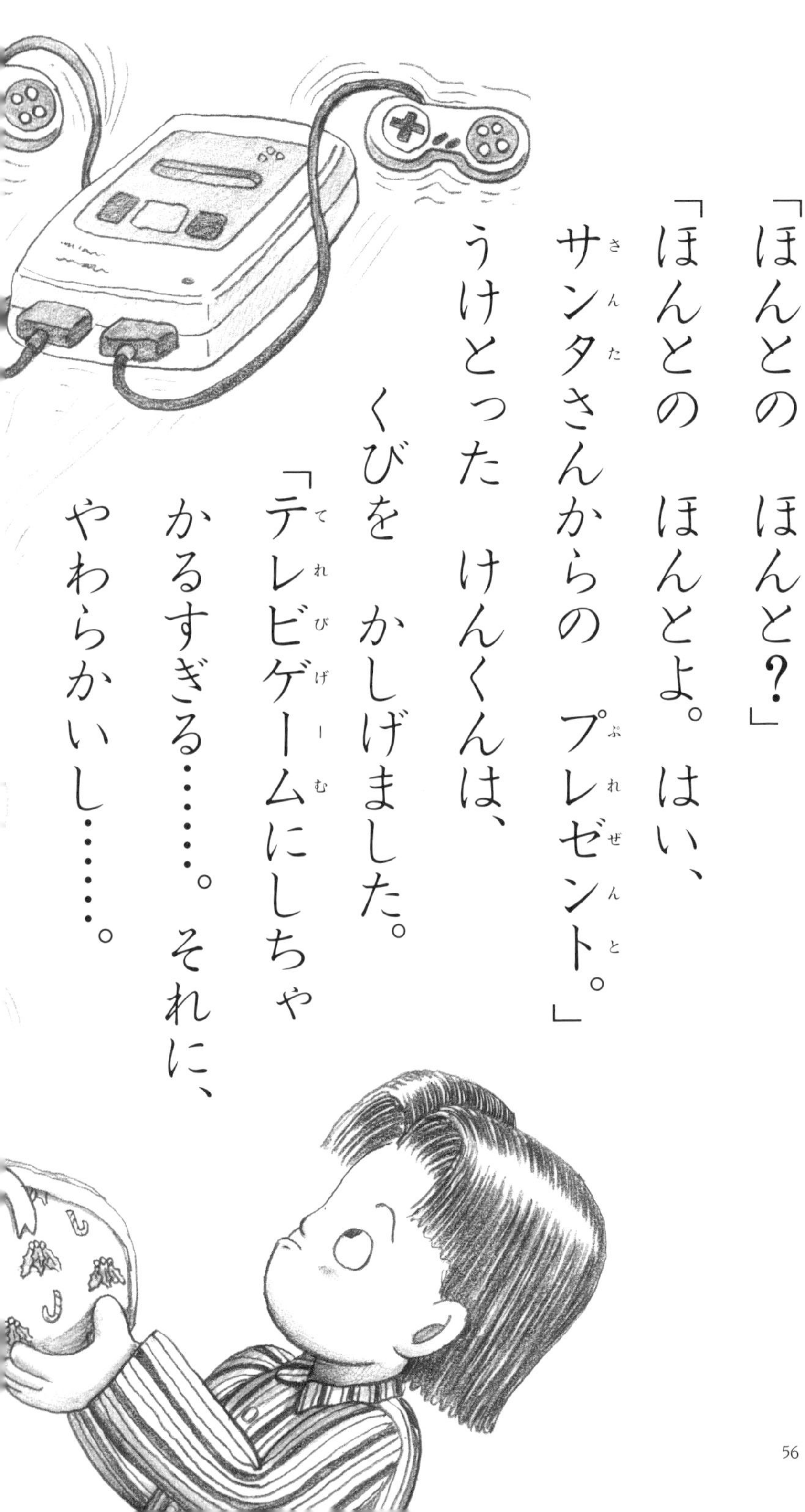

「ほんとの　ほんと？」
「ほんとの　ほんとよ。はい、
サンタさんからの　プレゼント。」
うけとった　けんくんは、
くびを　かしげました。
「テレビゲームにしちゃ
かるすぎる……。それに、
やわらかいし……。

やっぱり、かいくんや
みもちゃんの
いったとおり
だったのかなあ。
「どうしたの。はやく　あけなさいよ。」
おかあさんが　いいました。
けんくんは　おもいきって　リボン（りぼん）を
ほどき、つつみを　あけました。

「うわーっ、かっこいい。テレビゲームより
このほうが、
ずっと ずっと
いいや。」
それは、
サッカーの
ユニフォーム
でした。

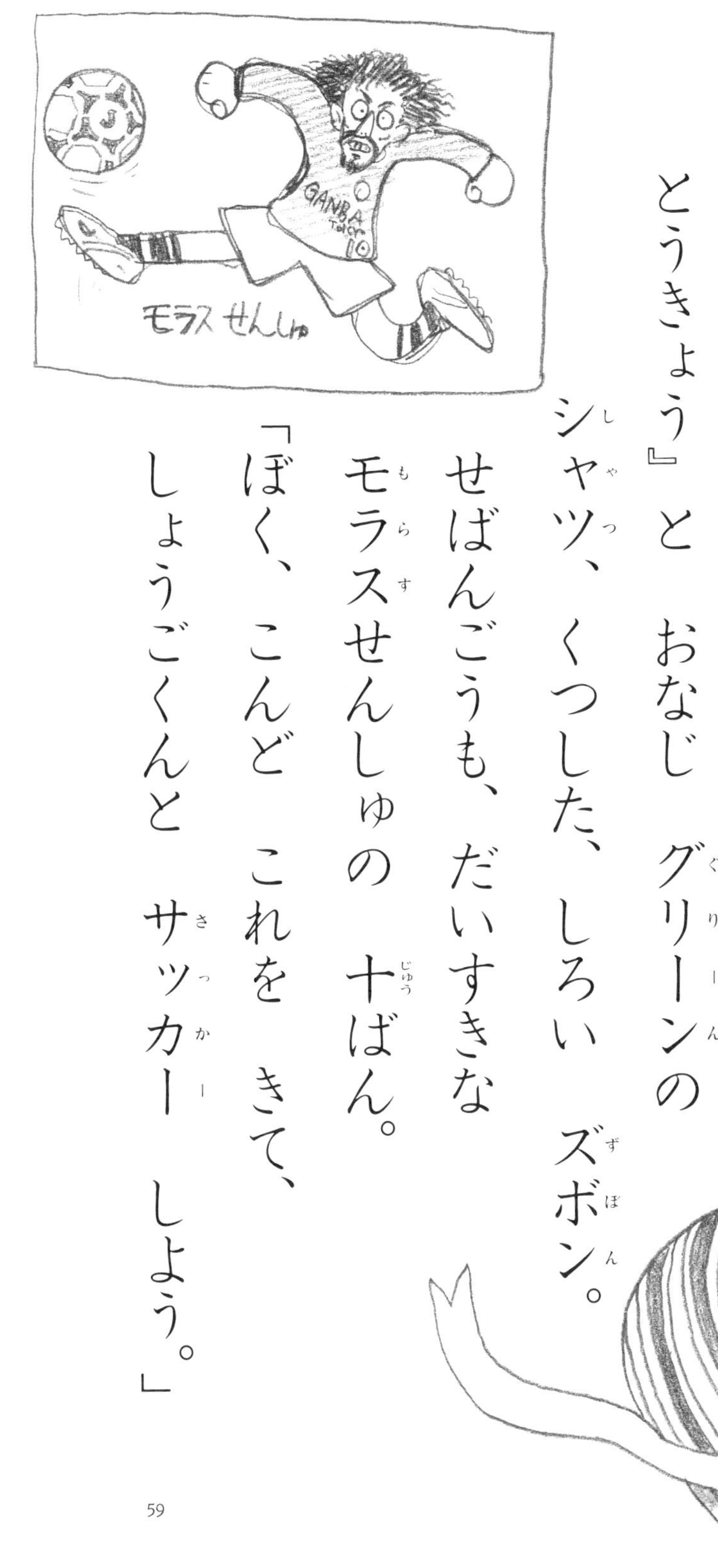

けんくんの　だいすきな
サッカーチーム、『ガンバ・
とうきょう』と　おなじ　グリーンの
シャツ、くつした、しろい　ズボン。
せばんごうも、だいすきな
モラスせんしゅの　十（じゅう）ばん。
「ぼく、こんど　これを　きて、
しょうごくんと　サッカー　しよう。」

さっそく　パジャマを　ぬいで、
きてみました。

「よかった。
ぴったりだわ。ほっ。」
「かっこいいぞ、けん。」
「サンタさんって、なんでも　しってるんだね。
ぼくが　サッカーを　すきな　ことも、
モラスせんしゅの　だいファンだって
ことも。」

その　よくじつ。クリスマスの　おひるすぎ。
けんくんが、やくそくどおり　こうえんに
いってみると、かいくんを　のぞいた
四にんが　ベンチの　ところで
まっていました。

「ぼく、さいこうの
プレゼントを　もらったよ。ほら。」
けんくんが、ぱっと
ジャンパーを　ぬぐと、しょうごくんが、

「ぼくと　おんなじだ！　ほら。」
でも、しょうごくんの　せばんごうは　十一。
「そうか。しょうごくん、十一ばんの
カーズの　ファンだもんね。ぼくたち、
なかま、なかま。」

するとあやちゃんが、
「あたしも、いちばん　ほしい　ものを
もらったわ。ほら、これよ。」

「テレビの　マジカルちゃんの　まほうの
つえ。」
ぎんいろの　ほしの　ついた、ながい
つえを　みせました。

「じゃ、あやちゃんも　ねがいが
かなったんだね。……みもちゃんは？」
ちょっぴり　どきどきしながら、けんくんは
たずねました。

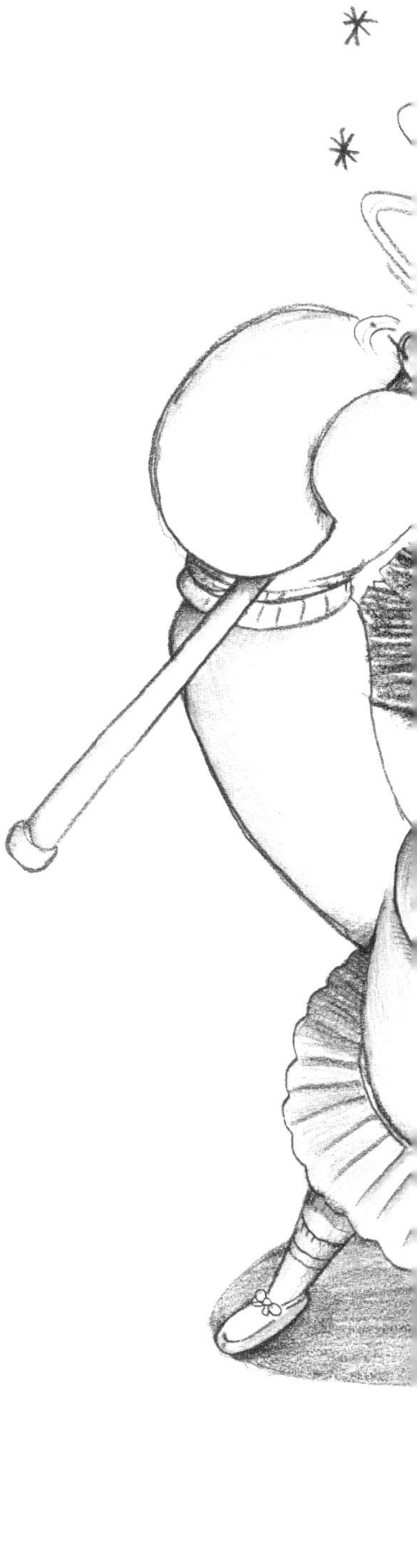

「あたしは、かわいい　こねこを
くださいって、サンタ(さんた)さんに
おねがいしたの。でも、プレゼント(ぷれぜんと)は、
ぬいぐるみの　ねこだったの。」

なぜか　うれしそうに、
みもちゃんは　いいました。

そのとき、

ニャーン。

みもちゃんが　ジャンパーの　まえを
あけると、くろい　こねこが……。
びっくりしている　みんなに、みもちゃんは、
「けさ、うちの　まえに　すてられていたのよ。
だんボールの　はこに　いれられて。
で、ママに　ないて　たのんだら、かっても
いいって。なんか　ふしぎ……
じゃない？」

「ぼくも、ふしぎな
ことが　あったんだよ。」
ゆうきくんが、いいました。

ぼく、おしょうがつの　プロレスの　しあいの
けんを　サンタさんに　たのんだんだ。でも、
いつものように　おとうさんが……、
メリークリスマス。
ほれ、
としょけんだ。
ちぇっ。

だけど、ねるまえに　いとこの
おにいちゃんが　あそびに　きて、
新春プロレス
NEW YEAR PRO-WRESTLING
1月3日4日5日6日7日
連続5日間
ジャンボ亀田
ライガー・マスク
短州力
闘魂
グレート・文楽
ジャイアントニオ・猪馬
OLD JAPAN PRO WRESTLING
プレイガイドにて
青春文化会館センター
おい、ゆうき、一がつ三かのプロレス、つれてってやるよ。
うっそー。
ぴらぴら
ぴらぴら

「ふしぎ……。」

「ほんと、ふしぎ……。」

「あとは、かいくんだけだね。」

「もしも、かいくんの
ねがいも　かなったら……」

「サンタさんは　いるって
ことだよ。それにしても
おそいなあ、かいくん。

どうしたんだろう。」
けんくんは、そわそわ
たちあがりました。
そこへ　やっと、
かいくんが　あらわれました。
したを　むいて、
りょうては　ポケットに
つっこんでいます。

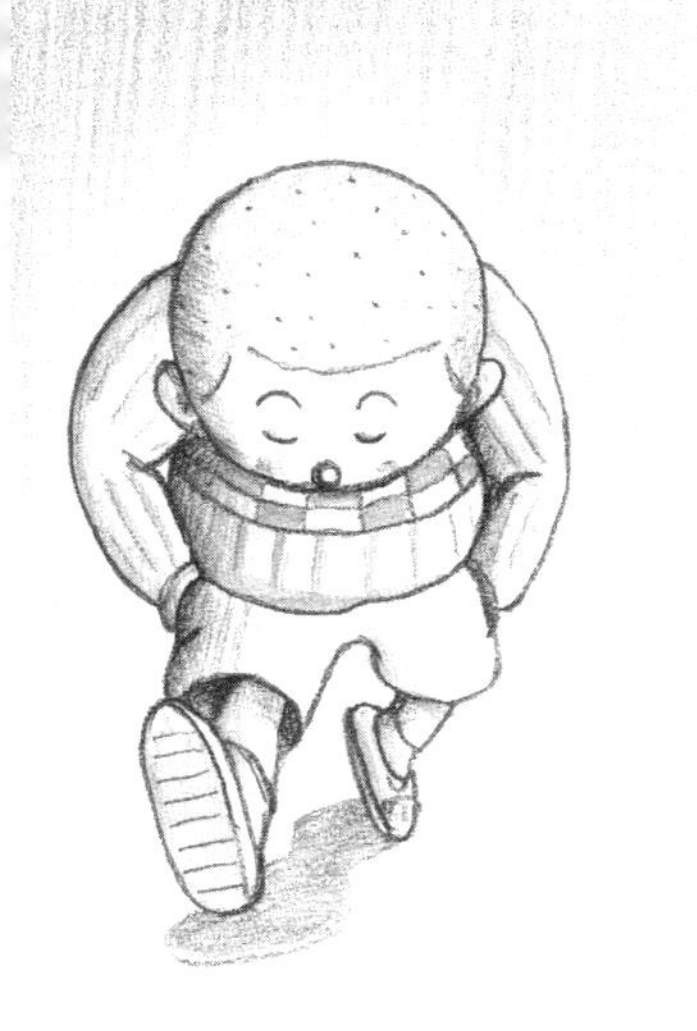

「かいくん、プレゼントは？」

おそるおそる　けんくんは　ききました。

かいくんは、だまって
くびを　ふりました。

「も、もらえ
なかったの？」

こっくり。

「な、なんにも？」

こっくり。
みんなは　だまって
かおを　みあわせました。
こねこが　また、
ニャーと　なきました。
すると、かいくんが
ぽつり　ぽつりと
こんな　ことを　いいました。

「ぼく……ぼく……、おにいさんに　なるんだ。
きのうの　よる、おかあさんが、
はなしてくれたんだ。らいねんの　はる、
あかちゃんが　うまれるのよって。それで、
おかあさん、ことしは　おとうさんに
プレゼントを　たのんだんだけど、
おとうさんが　うっかり
わすれちゃったんだって。でも……でも……」

かいくんは、めを　ぱちぱちさせて、
「そんなこと、どうだって　いいんだ。ぼく、
まえから　おとうとが　ほしかったんだ。
せかいじゅうで　いちばん　ほしかったんだ。
まだ、おとうとか　どうか、
わかんないけどさ。」
と　いって、はじめて　にっこりしました。

「じゃあ、みーんな、
ねがいが　かなったんだね。
ああ、よかった。
サンタさんは、やっぱり
いるんだ、いるんだ。」
けんくんは　ぴょんぴょん
とびあがって、てを
たたきました。

「もしかしたら、
サンタさんって、
かみさまみたいな
ひとなのかもね。」
こねこを　なでながら、
みもちゃんが　いいました。
みんな、　おおきく
うなずきました。

「あ、ゆき！」
そらから、
ひらひら　しろい
はなびらのような
ゆきが　ふってきます。
「もっと　ふれ。
もっと　ふれ。
マジカル、

マジカル、
ララルルー。」
あやちゃんが、
おもちゃの　つえを　そらに
むけて、くるくる　まわしました。
みんなには、その　つえの　ほしが、
いっしゅん　ぱあっと　ひかったように
みえました。

ゆきは
しずかに
ふりつづけて
います。

作者紹介

◆さとう　まきこ

一九四七年、東京都に生まれる。上智大学仏文科中退。『絵にかくとへんな家』（あかね書房）で日本児童文学者協会新人賞を、『ハッピーバースデー』（あかね書房）で野間児童文芸推奨作品賞を、『4つの初めての物語』（ポプラ社）で日本児童文学者協会賞を受賞。そのほか主な作品に『犬と私の10の約束　バニラとみもの物語』、『14歳のノクターン』（ともにポプラ社）、『宇宙人のいる教室』（金の星社）、『ぼくらの輪廻転生』（角川書店）、『9月0日大冒険』、『千の種のわたしへ　―不思議な訪問者』（ともに偕成社）、『ぼくのミラクルドラゴンばあちゃん』（小峰書店）などがある。

画家紹介

◆原　ゆたか（はら　ゆたか）

一九五三年、熊本県に生まれる。一九七四年、ＫＦＳコンテスト・講談社児童図書部門賞受賞。主な作品に「かいけつゾロリ」シリーズ、「ほうれんそうマン」シリーズ、「イシシとノシシのスッポコペッポコへんてこ話」シリーズ、『サンタクロース一年生』（ともにポプラ社）、「プカプカチョコレー島」シリーズ（あかね書房）、「にんじゃざむらいガムチョコバナナ」シリーズ、「ザックのふしぎたいけんノート」シリーズ（ともにKADOKAWA）などがある。

どっきん!がいっぱい 2
せかいで いちばん ほしいもの

二〇一五年一一月二五日 初版発行

作者 さとうまきこ
画家 原ゆたか

発行者 岡本光晴
発行所 株式会社 あかね書房
東京都千代田区西神田3-2-1
電話 03-3263-0641(営業)
03-3263-0644(編集)
〒101-0065
印刷 株式会社 精興社
写植所 田下フォト・タイプ
製本所 株式会社 ブックアート
NDC913/86P/22cm
ISBN978-4-251-04322-1

サンタクロースからの おしらせ
こんにちは、サンタクロースです。さて、みんなも しょうごくんの ぎもん（33～35ページ）のように、せかいじゅうの こども ぜんぶに
プレゼントを くばるのは、とても むりだと おもうじゃろ？ そうなんじゃ。だから……
たのみましたよ
はい
ある ひみつの ばしょに おとうさんや おかあさんを よんで、じぶんの こどもに
わたして もらうため、はやめに プレゼントを あずけているんじゃよ。